바다의
물가로

시와소금 시인선 177

바다의 손자국

ⓒ오세화, 2024. printed in Seoul, Korea

초판 1쇄 인쇄 2024년 11월 25일
초판 1쇄 발행 2024년 11월 30일
지은이 오세화
펴낸이 임세한
펴낸곳 시와소금
디자인 유재미 정지은

출판등록 2014년 1월 28일 제424호
발행처 강원 춘천시 충혼길20번길 4, 1층 (우-24436)
편집·인쇄 주식회사 정문프린팅
전화 (033)251-1195 / 휴대폰 010-5211-1195
전자주소 sisogum@hanmail.net
ISBN 979-11-6325-089-0 03810

값 12,000원

· 이 시집은 강원특별자치도 강원문화재단 후원으로 발간하였습니다.

시와소금 시인선 · 177

밤의 숟가락

오세화 시집

시와소금

▌오세화 프로필

- 충남 논산 출생
- 2005년 《문예사조》 시 등단.
- 서울예대 문화예술 교육원 소설창작, 시 창작 과정 수료.
  1997년 김정현 소설 [아버지] 전국 수기 공모 우수상.
- 제11회 광명 백일장 수필 부문 금상 수상.
- 2019년 동해예술상 동해시장상 표창.
- 2024년 강원문화예술발전 도지사 표창 수상 외 다수.
- 소설집 공저 『소설 탄생』이 있음.
- 시집 공저 『디딤돌』 『바람의 유혹』 『도시의 골목길』 『비, 그들의 언어』
  『봄, 사랑 분다』 등이 있음.
- 현재 한국문인협회, 강원문인협회 이사, 동해문인협회 사무국장.
- 전자주소 : sehwa34@hanmail.net

유년의 서랍장 깊은 곳, 잊혀진 기억들이 조심스레 고개를 내밉니다. 잃어버린 시간들 속에서 그리움의 향기가 가득합니다.

글을 쓰는 일은 저에게 단순한 행위가 아니라, 자신의 내면과 마주하는 고독한 여정이었습니다.

이 첫 시집은 그리운 기억의 연대기이며, 세상에 노크하는 한 편의 노래입니다.
유년의 서랍 속 그 작은 공간에 숨겨졌던 감정들은 세월의 흐름 속에서 자라났고 그리움이 제 안에서 울림을 만들고, 그 울림은 이 시집의 각 페이지를 채우고 있습니다.

우리는 모두 서로의 내면 깊숙이 숨겨진 이야기들을 가지고 있습니다.
사랑의 조각, 상처의 가시, 기쁨의 빛깔, 그리고 슬픔의 그림자. 이 모든 감정들이 어우러져 우리의 삶을 이루고 있습니다.

시란, 우리가 일상에서 마주하는 사소한 것들 속에 숨겨진 의미를 찾아내는 과정입니다. 때로는 눈물로, 때로는 미소로, 그 모든 순간들이 저를 시로 이끌었습니다. 이 시집은 그러한 여정의 기록이며, 저의 진솔한 목소리를 담고 있습니다.

읽는 이들이 이 시들을 통해 자신의 이야기를 발견하고, 사유의 깊이를 느끼기를 바랍니다.

42살에 엄마의 세계를 열어준 나의 아들 동윤이와 가족의 울타리를 든든하게 지켜주고 있는 나의 남편, 나의 세계를 열어주는, 나를 영글게 하는 나의 모든 이들에게 이 시집을 바칩니다.

2024년 10월 가을 어느날 동해에서
하얀 손수건 오세화

| 차례 |

| 시인의 말 |

제1부 시간의 그늘

제2부 바람의 지문

제3부 사소한 높이

제4부 시간의 경매

작품해설 | 정연수

제 1 부

시간의 그늘

살갑다

살갑다, 그 말은
어머니의 손끝에서
따뜻한 국물 한 숟갈처럼
입안에 스며드는 온기

해가 기울어지는 카페 창가에 앉아
아메리카노를 마시는 순간
너의 미소가 살갑다

지하철에서 누군가의 어깨가
살짝 닿을 때
그 짧은 접촉이
마치 오래된 친구의 포옹처럼

살갑다, 이 말은
일상의 작은 접촉들 속에서
우리가 서로에게 건네는 마음의 언어

도라지꽃이 피었습니다

햇살이 비추는 황톳길
엄마의 손길이 닿은 땅
그곳에서 도라지꽃이 피어납니다
아무도 꽃다발을 만들지 않는 꽃
그저 고요히 어둠을 뚫고
한 송이씩 세상을 마주합니다

빈손으로 시작한 농사
비바람 속에서 꺾이지 않고
토양에 스며든 땀 한 방울
도라지꽃에 숨겨진 엄마의 노래

물결처럼 퍼지는 자줏빛
때로는 쓸쓸하고 고독하지만
지친 하루를 위로하는 도라지꽃의 노래

흙과 바람, 그리고 햇살

엄마의 시간이
도라지꽃으로 피었습니다

시간의 그늘

햇빛의 발자국은 고향 문 앞에 멈춰 섰다
감꽃 목걸이를 걸어주던 감나무 집 언니
내 몸 곳곳에 새겨진 감나무
기억에 그늘이 진다

압류통지와 독촉장 고된 세상살이 되새김질하다
고향의 온기 앞에 참았던 울음이 터졌다
고향은 계절을 따라 닳고 닳았으나
허기를 느끼지 않았다

감나무 집 언니가 죽었다
감나무는 부고를 보내고 모든 잎을 떨궜다
그렇게 정정하던 우물집 아버지가 치매라더라
감나무 뒷집 엄마는 파킨슨병에 걸려 움직이지도 못한다더라
고향 소식 들릴 때마다 내 발자국이 휘청였다

두 살 터울의 감나무 집 언니가 죽었다

몸에 박힌 고향의 잔해들이 구멍 뚫린 바람으로 숭숭 날린다

시간의 그늘이 고향 모서리를 휘감는다

그림자로 가려진 고향

그리움으로 저물고 있다

등 굽은 달이 혼자 울고 있다

달처럼 나는 부끄러웠다
자식 넷을 둔 사내와 재혼한 엄마

매일 같이 시장 좌판에 앉아
열무, 부추, 고구마 줄기
두 단 사면 한 단 더 끼워줄게유

채소는 팔리지 않고
좌판 위에서 시들어가는 엄마

깊은 밤 등 굽은 달의 어깨가 들썩이는 모습을 보았다

채소가 시들어가는 시간 속에서
달의 눈물도 자라고
우리도 자라고

압류통지

나는 방관자처럼 묻기만 했다

엄마의 대답은 늘 한결같았다

괜찮다
괜찮다

세상의 그늘로 가려진 어둠 밖에서
등 굽은 엄마는 혼자 울었다

혼자서 삭인 엄마의 시간

괜찮다
괜찮다

이제는 나의 시간

엄마의 이름

엄마는 엄마의 이름을 알까
세상 어디에도 없는
우리 엄마의 이름
자식의 가슴에만 새겨진
우리 엄마의 이름

여자이고 싶었던
사람이고 싶었던
엄마

힘들지 않냐고
외롭지 않냐고
엄마처럼은 살기 싫다고
그렇게 질기게 물어본 나의 물음들

—엄마도 여자다
—엄마도 사람이다

―그러나 어쩌겠나

혼자 삭여 만든 이름
참아내고 이겨내며 만든 이름
엄마, 엄마

휘어진 손가락
— 어머니 · 1

날마다 땅을 먹고 살아도
배고픈 내 어머니

호미질 괭이질
눈물도 달려들어
무 뿌리, 배추 뿌리
잘근잘근 씹어가며

무릎 꿇은 땅 휘어진 손가락이
서린 내린 아침 밥상을 차린다

예순하나의 주름이 백년은 산 것 같다
으깨지고 갈라진 열 손톱 위로
먹물 같은 설움이 물들고
뼛속까지 혹독한 겨울이 운다

낫 놓고 ㄱ자도 모르는

부르튼 텃밭

억척스럽게 달려드는 배고픈 하루

가슴을 놓지 않는다

어린 것들의 '엄마' 소리에

가난한 유산이 배부르다

통곡
― 어머니 · 2

늙고 가난한 사내에게
보따리 하나 들고 시집 왔대요

어린 아들 데리고
밭일하다가
허벅지를 흥건히 적셔나온 핏물
데굴데굴 집으로 굴렀대요

방문 꼬리 잡고
숨통을 조이는 산고를
눈 감고 혀 깨물어 터진 피를 목구멍으로 삼키며
혼자 그렇게 딸을 낳았대요

노을에 취한 눈물이 휘어질 만큼 며칠이 저물고
달빛에 물들인 여름이 손금 사이로 익어갈 무렵

무심하던 남편을

억수같이 쏟아붓는 비와 함께 땅에 묻고
그래도, 그래도
끝말을 못 잇고
허연 소복이 흙물로 담길 때까지
어린 것들 데리고 나 혼자 어떻게 사냐고
남편 무덤을 안고
밤새 통곡을 하였대요

나 혼자 딸을 낳던 그날이 무서워
밤새 통곡을 하였대요

돈벌이
— 어머니 · 3

아침이면 일어나는 소리
— 엄니, 오늘은 뭐 팔꼐?
어제는 배차 장사
하늘을 바라보며 가슴 졸이다
땀에 젖은 손으로 담은 어린 것들의 꿈
가득 찬 바구니, 그러나 가격은 시들고

오늘은 무수 장사
사정은 여전히 초라한데
무더운 햇볕 아래
가진 건 몸뚱이 하나로 버텨내는 하루

— 인자 기성회비는 어쩔꼐?

내일은 정구지 장사
가뭄에 시달리는 땅을 바라보며
희망의 씨앗을 심어도

늘어가는 걱정이 발목을 잡는다

어제는 이천육백 원
오늘은 이천이백 원
내일은 얼마나 벌까?

며칠만 더 지나면
막내 등록금 마감날인데

사세유 사세유
뭉크 절규가
시장 좌판에 쏟아진다

텃밭에서 익어가는 시간
― 어머니 · 4

닭 우는 소리에 새벽은 눈을 뜨고
돌담길 흙담장 너머
초가지붕을 휘감은 하얀 연기는
동네 어귀 기침을 재촉한다

어둠 속에 스며드는 고요
숨소리마저 잠든 새벽
텃밭 고랑 고랑에
새벽 별을 심는 어미의 아침이 달그락거린다

어미는 아까부터 보이지 않는다

새벽의 차가운 공기
어미는 옷깃을 여미며 밭으로 나간다
별빛이 비추는 텃밭에 눈물 같은
땀방울이 대롱대롱 맺힌다

물동이에 물을 철렁철렁

벌써 다섯 번이나

텃밭에 물을 주고 삼태기로 거름을 나른다

어미의 손등 위로 검은 못이 단단하게 박힐 때마다

푸성귀들은 무럭무럭 자라고

푸른 잎들은 토실토실 살이 붙고 입을 벌린다

아침이 밝아오고

번개시장에 나선 어미

바구니 가득한 푸성귀들이 귀를 간지럽힌다

번개시장 좌판에 가지런히 놓인 채소

— 이 채소는 오늘 아침에 땄어요

새벽마다 차려지는

어미의 아침 밥상은

새벽을 풀칠한다

바람에 닳아버린 나무의 껍질처럼 단단해진 손

활처럼 휘어진 어미의 등 사이로 예순 두 고개를 넘어간다

이젠 살자
— 어머니 · 5

어린 것이 벼랑 끝에서
이젠 살자
죽지 말고 살자고 소리쳤대요

보따리를 얼마나 쌌던가
대문 밖 돌다리까지 갔다가
되돌아온 것이 몇 번이던가

26살 아들
23살 딸
두 자식 대학 보내 취직시켜 놓고
이젠 됐다
이젠 됐다
이젠 살자고 하는데
'암' 종자도 따라서 살자고 하네요

이젠 됐다 이젠 됐다
자식에게 암이란걸 끝내 숨기신 어머니

지워지지 않는 지문

6살 어린 아들이 손끝으로 그려내는
마법의 힘
매일 같이 벽화가 생기는 우리 집 벽지

푸른 초원을 달리는 파노라마
추상화
인물화
전쟁화
수채화
알 수 없는 미로화

새로 산 벽지가 망가지는
이 기쁨
이 감동
내게도 유년의 벽지가 있었다는 걸

버짐 핀 기억의 서랍
— 아버지의 시간 · 1

쉰네 살 차이 나는 아버지
아버지 맞아?
밭고랑 주름진 아버지의 이마가 창피한 때가 있었습니다
아버지의 흰 머리까지 창피한 때가 있었습니다
곰팡이 버짐 핀, 아궁이 까만 아버지 얼굴도 창피했습니다

가난으로 얼룩진 아버지에게서 나는 담배 냄새가 싫었고
한글도 못 읽는 무식한 아버지가 부끄러웠습니다
군대 간 오빠가 보낸 편지도 벽장에 며칠을 묵히더니
어버이날에 내가 쓴 편지는 나보고 읽어 달랬지요

없는 살림에 노름은 즐겨서
무식해서
무식하게 매일 같이 엄마와 싸우는 아버지
술만 마시면 집안을 전쟁터로 만드는 재주는 용했습니다

어느 날은 내가 딸인 것이 창피스럽고

어느 날은 친구가 알까 봐 부끄러웠고

어느 날은 아버지가 증오스럽다고 일기에 적었습니다

아버지와 나의 거리
— 아버지의 시간 · 2

할아버지 제사에 가셨다가 음식을 싸 가지고
학교 교무실로 오신 아버지
선생님과도 교감 선생님과도 술친구라더니
술 취한 아버지는
제 이름을 부르며 데리고 오라셨다지요
수업 중이라는데도 막무가내 아버지

아무것도 모르고 교무실에 들어섰다가 본 술 취한 아버지
큰 소리로 노래를 부르는 아버지
옆에서 웃는 선생님들
웃던 선생님과 눈길이 마주쳤을 때
나는 아버지보다 먼저 죽고 싶었습니다.

세화야 세화야
이 놈이 내가 오십 넘어 낳은 내 막내 새끼라유

친구들까지 아버지 흉내를 내면서

고래고래 노래 부르던 교실이 미워
한동안 학교에 가지 않았지요

그날부터 아버지와 나는 말이 없어졌습니다

장미꽃이 운 날
— 아버지의 시간 · 3

수업 중인 교실 창문을 벌컥 여는 할아버지
울 아버지, 흰머리뿐인 울 아버지
선생님이 누구냐고 물으시려던 참이었다
다짜고짜 내 이름을 불러 환희 담배 한 보루
집에 갖다 놓아라 하고선 교실 창문을 휙 닫는다
모든 문들이 닫힌다
내 마음도 닫힌다

세상이 닫히는 순간 내 얼굴은
장미보다 더
빨갛게 달아올랐다
할아버지 같은 울 아버지
세상의 모든 꽃들을 창피하게 만들던 날
장미꽃이 처음으로 책상에 엎드려 눈물 흘리던 날

얼마나 다행인가

마흔두 살에 아들을 낳았다지
얼마나 다행인가
남자가 오기까지
꽃이 지고 피는 우주의 시간보다 지루했지

내게 구애를 하던 남자의 열병은 늘 가까워졌다 멀어져갔지
원룸 방문 앞에 꽃과 편지를 놓던 남자도 있었지
그의 꽃에서는 남자의 향기가 느껴지지 않았지

시골집까지 찾아온 도시 남자
쉰네 살에 나를 낳은 아버지의 주름을 들켰지.
도시 남자에게 보여주고 싶지 않은 시골집의 살림보다
할아버지보다 더 늙은 아버지의 주름이 더 구차했다는 걸
그 도시 남자는 끝내 몰랐지
얼마나 다행인가
엄마가 둘째 마누라란 걸 그가 끝내 몰랐으니
그렇게 첫정을 담은 남자는 꽃도 피우지 못하고 졌지

다섯 남자의 열병이 지나고도

마흔한 살에 결혼할 수 있었으니 얼마나 다행인가

제 **2** 부

바람의 지문

청약 통장

차곡차곡 쌓인 통장 속 숫자들

남편에게 매일 같이 반찬처럼 올리는 말
— 이 월급은 조금만 아끼고
— 다음 달에 더 모아야 해

10년이 지나고

— 다음 청약에 도전해볼까?

10년이 지나도

주변 아파트는
하늘을 찌를 듯 높고
우리의 숫자는 아직도 단순하다

여전히 식탁 위에 가득 쌓인
고지서와 영수증

할머니의 암호

개봉동 시장 골목 귀퉁이에서 옷 수선집을 운영하는 예순네 살의 김 할머니
결혼 십 년 만에 남편을 잃고 두 자식마저 하늘로 먼저 보낸 동네 터줏대감
아침 아홉 시면 어김없이 수선집 문을 열고 라디오를 켠다
세상을 향한 교신

드륵 드륵 드르륵

패션쇼가 열린다
재봉틀 페달을 밟을 때마다

돋보기 너머로 보이는 세상
재봉틀 페달을 밟으며 모스부호를 보내고 있다

드륵 드륵 드르륵

뜯어진 시간의 옷
하늘 높이 날아간 두 별
오늘도 눈물 한 방울의 무게가
재봉틀 페달을 밟는다

해장국

십자가 위에 매달린 사내가 있었다
골고다 언덕 길을 걸었던가
여기, 붉은 십자가 위에 매달린 사내가 있다
새벽도 오기 전 붉은 십자가 보며
골목길을 돌아 허리 휘어지도록 붉은 벽돌을 지고 나면
교회의 새벽종이 울린다
예수의 푸른 그림자를 본 것도 같았다

비 오는 날은 공치는 날
거북이 등껍질처럼 단단하게 갈라진 손등 위로
예수의 눈물이 떨어진 것도 같았다

오늘은 해가 끓는다
햇살 듬뿍 받고 잘 말린 우거지 해장국 한 그릇
사내들의 목구멍이 뜨겁게 후루룩거릴 때
벽돌을 짊어진 어깨가 가볍다
사내들의 하루가 해장국 속에서 펄펄 끓고 있다

구름 꽃, 시간을 날다

무너진 건물 벽에 기대어
낙서들을 읽는다
— 사랑해

비 오는 날
우산 아래 나눴던 첫사랑의 미소
서로의 손이 닿을 듯 말 듯

구름처럼 부풀어 오른 순간

구름 꽃은 바람에 실려
소리 없이 흘러가고

열려라 참깨

세상을 향한 문을 열려면
암호를 대라
'열려라 참깨'

문을 열지 않고
너도 나도 높이
높이 더 높은 곳만을 열망하고 있지
저 높은 곳에 무엇이 있을까
타워팰리스
환각
채권
더듬이처럼 더듬는 저 높은 것들에 대한 열망

집에 들어갈 때도
그리운 이의 목소리가 듣고 싶어도
사람과 사람 사이에도
비밀번호를 모르면 들어갈 수 없다네

숫자 점령군의 포로가 되었네

열려라 참깨
정적만이 흐르네

난타

길 위의 사람들은
우산을 펼쳐 난타의 선율을 만든다

대지를 뚫고
오선지 위에 비명처럼 떠다니는 음표들
드럼 가죽 위에서 터지는 빗방울
손바닥으로 퍼지는 소리의 파동
비를 맞으며 땅을 구르는 발자국
발의 리듬이 살아난다

유리창에 달라붙어 길고 딱딱한 더듬이로
비릿한 한낮의 벽을 긁고
건반 위의 볼륨을 높이며
푸른 수면 위에 떠올라 연주를 한다

사랑을 잃은 사람은 스타카토처럼 외롭고
사랑을 시작한 사람은 레카토처럼 질척하다
우산은 난타의 무대를 펼친다

지렁이의 눈

듣지도 보지도 못한다
빛에 대한 몸의 떨림으로
온몸으로 땅을 감지하며
지구와 함께 명상 중이다

지렁이는 매미에게 눈을 주고
매미는 지렁이에게 띠를 주고
지렁이는 돌돌돌 울고
매미는 매달려 하고 울게 되었다는 우화를 읽으며
땅굴 속으로 빠져 들어가는 지렁이를 본다

햇살은 먼 곳에서만 빛나고
어둠의 작은 뿌리들 사이를 기어
눈이 없는 나는 느끼네
디케의 눈물까지

포커페이스

하얀 분칠, 붉은 입술
광대는 포커페이스로
세상을 맞이한다

환한 미소 뒤에 숨겨진
눈물의 깊이

— 내가 울어야 너희가 웃지
— 이 세상은 그저 공연일 뿐

하루의 조명이 꺼지며
그는 혼자가 된다

— 이제는 나를 봐줘
— 광대 아닌 나를
— 웃음 뒤에 숨은 아픔도

그의 속삭임은

어둠 속에 묻혀

들리지 않는다

그는 내일도

포커페이스를 쓰고

무대로 나아갈 것이다

종이비행기

퇴근 길 지친 하루에 매달린 구두
꾸역꾸역 집을 기어오른다
어린 아들이 나를 반긴다
종이비행기를 접어 날리고 싶다고
아들의 손에 쥔 색종이 한 장
— 이렇게, 저렇게
잘 접겠다 건, 하늘을 잘 날겠다는 욕심이겠지
신나는 웃음소리 하늘을 향해 날아간다

첫 비행 바람을 가르며
— 더 높이, 더 멀리! 외치는 아들
 종이의 꿈이라도, 더 높이 오르겠다는 꿈이겠지

바람에 떨어지는 종이비행기
어디에선가 부딪히고 찢어졌다

— 엄마, 왜 이렇게 떨어져?

날리는 법보다
잘 떨어지는 방법을

잘 떨어져
다시 날릴 수 있는 비상을

높이 날고 싶지만
때론 불확실한 바람에 흔들리고
떨어지는 순간, 모든 것이 무너진다는 것을

잘 떨어져야 한다는 것을
잘 떨어져야 다시 날 수 있다는 것을

바람의 지문

세월을 간직한 나무
잎사귀마다 새긴 바람의 지문들

바람의 흔적 속에는
바람이 지나간 시간과 장소
그리고 그 바람의 힘과 속도
바람을 견딘 삶이 담겨있는 것을

바람은 자신의 지문을 남기며
할머니의 주름을 닮는다

더는 올라갈 수 없는 경계의 선에서

외줄타기하는 곡예사처럼

담쟁이가 창문을 넘어

자본을 두드린다

줄 하나에 몸을 지탱하며

갈라진 벽 틈 속에서 바퀴벌레 한 마리 울고 있다

고층 외벽에 붙어 유리창을 닦는 사내

야광볼처럼 튕기는 고양이의 울음소리가 경적을 울린다

매일 매일 닦아내는 사내

노을에 취한 하늘이

봉숭아꽃 물들이다

팽팽하게 매달린 그 사내 아래

도시의 탐욕과 욕망이

옥상 광고판처럼 부풀어 오른다

자본의 온도가

빌딩 속에서 펄펄 끓고 있다

늙은 아들과 늙은 아버지

기억을 저당 잡힌 늙은 아버지가
늙은 아들 등 뒤에서 세상을 구경한다
아침마다 늙은 아버지는 칠십 년 전으로 거슬러 오른다

늙은 아버지가 그렸던 꿈의 그림엔 늙은 아들이 있다
자식들 잘되기만을 바란 평생 뒷바라지
늙은 아버지는 퇴적충처럼 가라앉아 시간을 화석화했다
어느날 늙은 아버지의 시간이 멈춰 버렸다
늙은 아버지가 그랬던 것처럼 늙은 아들이 꿈을 그리기
시작한다
늙은 아들의 등에 업혀 세상을 마주하고
늙은 아들의 등에 업혀 잠이 들고
늙은 아들의 등에 업혀 옛이야기를 전해 들으며
늙은 아들이 대신 그리기 시작한 꿈의 그림은 명작이 되어간다

여자, 달을 그리다

흔들리는 시간에 바람은 달을 그려놓고
슬픔의 저녁을 맞이한다
비밀의 문처럼 열리지 않는 어머니의 자궁
아이를 갖고 싶지만 들어서지 않는 어둠
고된 세월의 흔적들이 시간의 문양을 만들고
죽도록 사랑한 연인이 무너지자 세상까지 잠든

꽃눈 내리는 어느 날
여자의 가슴에 달이 채워진다

다행이라니

세월호
내 아이가 안 타서
참 다행이다
그 말이 내 입술을 스친 적이 있다

동해시 묵호고등학교 아이들도 타려고 했는데
예약이 안 돼서
안 탔다
참 다행이다

결코 다행일 수 없는
비극

내 아이도 그 아이도
모두 소중한 생명의 가치

그 다행을 잃은 안산

안산의 엄마, 아빠는
심장을 찢어낸 비명이
바다로 흘러가는 중

다행이다
이제는 노란 리본으로 기억할 수 있으니
내 아이의 웃음이
다른 아이의 슬픔 위에
무심하게 꽃피우지 않을 것이니

다행이다
내 아이도, 남의 아이도
소중하다는 걸 반성할 수 있으니

결코, 잊지 못할
안산의 엄마, 아빠의 마음

고요한 물결에 덮여 있는

어둠 속에서

아이의 이름들을 건지는 중이다

바람의 유혹

추락을 꿈꾸던 때가 있었다
한 방울, 한 방울 흩어지는 바람의 문양

저수지에 떨어진 구름처럼
온몸으로 만나는 세상
더 멀리 더 깊게 빠져들기도 하고
햇볕 위에서 뒹굴기도 하고
누군가의 가슴에 떨어져 눈물이 되기도 하고
꿈의 능선을 따라 흘러가다가 하고
날아가는 새들의 지붕이 되기도 하고
별들이 빛을 열어가는 시간을 주기도 하고
길을 잃고 헤매는 방랑자의 노래가 되기도 하고

하늘을 나는 구름 한 방울

제 3 부

사소한 높이

무인 편의점의 밤

기계는 고달프지 않다
잠든 듯 깨어난 듯
잠 못 이루는 도시의 심장이 뛴다
24시 무인 편의점

포장된 행복은 언제나 과장 되었으나

— 결제 완료
— 띵동

24시 무인 편의점
우리의 아픔을 진열하고 있다

진열대 위에 놓인 가난한 삶
나도, 실직했을 아르바이트생도
편의점에서 길을 잃는다

굿나잇

어둠이 내리면, 도시의 소리가 들린다
절인 배춧잎처럼 졸다가 종착역을 지나친
지하철의 비명
에스프레소 머신의 윙윙거림
거리의 자동차들을 부르는
빨간 신호등

— 서두르지 마

저 멀리, 건설 소음이 울려 퍼지고
크레인이 하늘을 향해 뻗어가며
도시의 꿈을 시공한다

화려한 네온사인 아래
그는 실직 통지서를 받아 들었다
가족의 생계를 걱정하는 눈빛은
도시의 불빛보다 더 반짝인다

도시의 소음이 비틀거린다

한때의 성공도 있었다

이제는 먼 기억

비어버린 지갑을 피하며 지나가는 사람들

이 도시의 모든 불빛들과 함께 굿나잇

디지털 정원

스마트한 세상
우리는 클릭 하나로 서로를 연결하지만
아무도 서로를 바라보지 않는다

오늘도 스마트한 출근길
지하철의 속도처럼
각자의 스마트폰 화면 속에서
세상을 만나는 이들
아무도 서로를 바라보지 않는다

디지털 정원에서는
고개를 들지 않는다
고개를 숙인 채 살아간다
매일 같이 빠르게 바뀌는 유행처럼
인스타그램의 필터 너머
화려한 일상이 펼쳐지지만
그 안에는 보이지 않는 눈물만 가득하다

누군가는 "좋아요"를 누르며
상처를 감춘다

인증샷 뒤에 숨겨진 불안
스마트하게 감춘 세상

벽에 걸린 1평

일렬로 나열된 쪽방촌
떨어진 벽지에 곰팡이꽃이 핀 좁은 방 한 칸
한 남자가 구겨진 담배꽁초를 물고 일어난다
벽에 걸린 사진 한 장
짧은 머리칼과 밝은 눈빛
흰 티셔츠에 청바지를 입고
젊은 날의 그가 햇살을 받아
반짝이는 미소를 짓고 있다
무엇이든 할 수 있을 것 같던
팔짱 낀 채로 세상을 정복하던
그의 손에는 꿈이 담긴
종이비행기가 들려 있었다

— 하늘을 날아보자
— 부자가 되어보자

그때의 꿈은 어디로 갔을까?

하늘을 향하던 비행기는
얼마나 많은 날갯짓을 했을까?

언제부터인가 꿈은 먼지를 쌓고 있다
어제 주워 온 폐지 뭉치 속에
튀어나온 신문지
그 속에서 삶을 읽는다

다시 날아오를 수 있을까?

거친 벽돌 사이로 새어 들어오는
빛 한 줌
액자에 걸린 그는
여전히 젊고
여전히 웃고 있다

속보

행복을 저당 잡습니다
정보지에 실린 전당포 광고

신장을 삽니다
간을 삽니다
화장실에 붙은 장기 매매 광고

행복을 저당 잡힌 세상
계산기로 행복이 계산되는 시대

통장 잔고에 따라 측정되는
행복이 속보를 전합니다
채권을 삽니다
신장을 삽니다

시간의 박제

오래된 거실 벽에 시간이 박제되어 있다

빛바랜 소파에 앉은 우리
사진사는 밝고 화사한 웃음을 주문한다

액자 속 가족들은 멈춰 있고
우리는 모두 웃고 있다
빈방에 쌓이는 슬픔의 잔해들
가시처럼 찔리는 침묵
그래도 우리는 모두 웃고 있다

벽에 걸린 그 순간
우리가 잃어버린 시간의 조각들이
박제되어 있다

가족들의 사라진 목소리
한때의 웃음이 여전히 빛나고

기억을 부르는 스타카토

내 몸의 꽃들이 스타카토처럼 피어난다
비트 있는 음악
리듬 속에 숨겨진 내 심장 박동

꽃잎이 떨어지듯
감정의 조각들이 떨어져 쌓이는
빛바랜 슬픔의 잔해

리듬 속에 숨겨진 것은
잊혀진 사랑
그의 부드러운 목소리
우리가 함께한 그날의 햇살

어머니가 부르던 자장가
밤하늘의 별빛처럼
내 마음을 어루만지던 그 선율

내 몸의 꽃들처럼 피어나
리듬을 탄 스타카토

비상구를 열다

대합실에 집을 짓고 사는 남자
누가 저토록 열망하는가
박스 속에서 꿈틀거리며 일어선다
질러, 소리 질러
세상에 내몰린 자가 컹컹 짖는다
개 같이 짖는다
남자의 등짝에 달라붙은 허기가
반딧불처럼 불꽃 잔치를 벌인다
시멘트 바닥을 핥고 지나간다
화살표는 과녁이 어디인지
출발시간과 도착시간
남자의 이름이 없다
경매로 넘어간 집을 찾을 도리가 없다
대합실도 주저앉는다

사소한 높이

고층 건물 외벽
매일 매일 슬픔의 잔해들을 닦아내는 사내

온몸 가득 팽팽한 긴장을 당긴다

땅에서 멀어진 이곳
저 아래 세상은 너무나도 작고 사소하게 보이는데
헛되고 헛되다

집으로 돌아가는 길
검은 비닐 안에 담긴 소주병이 휘파람을 분다

매일 매일 높이 더 높이 올라가자며

콘크리트 정글

콘크리트의 새벽
낡은 신발 끈을 조여 매고

노동의 정글 속
하얀 헬멧 아래 지친 얼굴

이주노동자의 손엔
모든 것이 무겁다

언어의 벽
작업장에 흩날리는 먼지
서로 다른 소리들이 엉키고

작업복 주머니 속의 가족 사진
정글 속에 갇혀 입을 닫는다

콘크리트는 단단하다
낯선 땅에서 피우는 노동의 꽃

폐지와 그리움 중 어느 것이 더 무거울까?

어둠이 채 가시지 않은 새벽
할머니는 낡은 이불을 걷어냈다

갈라진 금이 가득한 벽은
마루의 차가운 기운을 느끼지 못한다

어제 모은 폐지를 정리하며
하루를 준비하는
주름진 손가락

할머니는 쓰레기통 옆에
먼지 쌓인 빈 병을 향해 손을 뻗는다
종이 더미, 플라스틱 조각
하루의 끼니를 위해
모은 자투리들이
그녀의 쪼그라든 가슴보다 크다
낡은 바구니에 하나둘 담긴

가난의 상징

— 할머니, 또 폐지 주워?
이웃집 아이들의 폐지 찢어지는 웃음소리
여전히 무거워지지 않는,
그러나 여전히 그리운 세상

할머니는 사라져가는 자신의 모습을 본다

— 아직 여기 있어
혼잣말처럼 중얼거리는 사이
하루는 저물고
바구니는 무거워지지 않아도
여전히 그리움은 무겁다
그녀를 조용히 지켜보던
하늘의 별들도 오늘 퍽 고단하다

홈쇼핑

화면 속 향긋한 패키지 꿈들

구매 버튼 누르며
내일의 행복을 주문한다

하루 종일 쌓인 택배 상자
내가 쌓이는 건지

반짝이는 스팸
눈이 멀어 가는 사이
사라지는 내 소비의 의미

나는 나를 사는 중

발자국은 언제 지워졌을까

비린내 나는 찬송가가 울려 퍼지는 재래시장 골목
어둡고 눅눅한 발자국
차가운 시장 바닥에 달라붙어 미끌미끌 기어가는 사내

검은 고무 옷으로 가린 사내의 다리 속에 예수의 생애가
꿈틀거린다
시장 바닥과 고무 옷 위에 찍히는
사람들의 발자국, 발자국
버리고 버려지는 생선 내장 같은 발자국

사내의 발자국은 언제 지워졌을까
아무도 알려고 하지 않는다

"여보게 이 씨 고무줄 한 묶음만 줘" 가자미 가게 아저씨
"수세미 좀 줘요" 고등어 가게 아줌마

천원 짜리 두 장과 동전들의 쨍그랑 소리
비린내 나는 찬송가가 울려 퍼진다

얼룩말을 탄 사내

사내의 팽팽하던 하루
가파른 오르막길을 걸어 올라가다 보면
대문도 없는 집들이 쓰러지고
사내는 구두 속에 담겨
반지하의 구멍 안으로 밀려간다
사내는 구멍을 핥는다
갈라진 벽 사이로 검은 꽃이 피어나고
천장은 신음 소리를 낸다
가시처럼 돋은 거미줄
깨진 창문 틈을 비집고 들어오는
햇살보다 서러운 것들
반지하의 구멍 속에서
얼룩말을 탄 사내는 초원을 달린다

눈물뼈가 자라나고 있다

눈물로 젖은 뼈를 발견했다
그녀는 흐릿한 기억 속에서 꿈의 유물을 발굴했다

첫사랑의 손길과 이별
부모까지
사라진 자리에
그녀는 눈물의 결정을 뼈라 부르기로 했다

그녀의 심장에 새겨진
슬픔의 문장

— 이별은 나를 더욱 단단하게 만들지
울다 지친 뼈가 중얼거렸다

사랑보다 이별 덕분에
뼈가 더 단단해진다는 것을

제 **4** 부

시간의 경매

논골담의 푸른 옹이

흔적의 경계에 푸른 옹이가 생겼다
빗살무늬 토기를 빚는 어달리 바다

논골담 골목에 새긴 삶의 표식들
리어카 같던 몸에 새긴 세월의 이끼

어부의 아내만 남은 골목
오징어 먹물인지 묵호항 탄가루인지

리어카 지난 길 위로 피어나는 푸른 꽃
바다와 하늘의 경계를 연다

덕장 연대기

덕장, 바다의 품에 안겨
소금기에 젖은 손
배의 돛을 펼치며 주름진 어부들의 노래를 시작한다

어부의 손끝에서 느껴지는 물고기의 비늘
어부들은 깊은 바다의 비밀을 안고
그물에 걷어 올린다

— 오늘은 문어 잡기 좋은 날이야
누군가 힘차게 외치며
바람을 가르며 돌아오는 배를 맞이하고

생선 냄새가 자맥질하는 저녁

노인들은 덕장 한쪽에 모여
젊은 날의 바다 이야기를 나눈다

— 이 바다가 우리를 키웠지
한 명이 중얼거리면
다른 이가 바다처럼 고개를 끄덕이고

덕장, 파도처럼 밀려오는 삶의 연대기

묵호 어판장

아침 안개 속에 숨은 배들
어판장에선 생물의 비린내를 삼킨
바다의 경매 소음이 가득해
어부들의 손은 거칠어도 눈은 바다처럼 깊다

— 자 시작하자
우렁찬 어선의 함성처럼 경매가 시작되네
이곳의 생물은 바다의 기록인가
어부의 기록인가

첫 번째 입찰
반짝이는 광어
— 내가 잡은 이놈, 진짜 신선함은 세상 최고라요
바다의 손끝에 묻은 어부들의 어판장
생선은 말없이 드러눕네

두 번째 어부

눈에 띄는 홍합

— 이건 내 아이들 같으니께 얼른 와서 보이소

가격이 오르고 경쟁은 치열하고

어부가 바다와 거래하는 경매장의 열기

생명에 값을 매기는

묵호 어판장

동전 하나로 판가름 나는 삶의 경매장

오늘은 어부들의 자서전을 경매에 올리네

바다의 손자국

묵호 어시장 뒷골목
50년 넘게 바다 그물을 깁는 수선집이 있다
구멍이 난 그물을 파도처럼 엮는다

햇살이 내리쬐는 아침에도
비가 와도
눈이 와도
미싱 앞에 쭈그리고 앉아
거친 바다를 촘촘하게 엮는다

— 이거, 오래 쓸 수 있어
파도에 실려 온 소금기 같은 인생
낡은 배의 출항을 준비하는 손은 거칠고 굳었다

매듭을 짓고, 실을 당기고
얼룩진 손가락 사이로 흘러가는 시간
주름진 얼굴에 비치는 햇살

그물 속에서 반짝이는 돋보기

마지막 실을 꿰어 넣고
다시 바다로 나간 그물
바다의 손자국을 남기는 수선집

시간의 경매

거대한 화면에 숫자가 번쩍인다

사라지는 것이 많아지면
사라지지 않는 것도 많아지지

지금 팔지 못하면 잃어버리는 어판장 문어 경매
러시아의 시간을 잃고 바다의 시간을 건너와
동해의 시간을 만든 러시아 대게

— 첫 번째 경매, 10분 시작합니다
경매사의 목소리가 메아리친다
지친 얼굴들이 모여들고
손끝에서 희망이 엿보이는 순간
우리는 모두 과거의 잔해를 쥐고 있다

한 분, 1천 원
두 분, 2천 원
가격이 올라갈수록

나는 그 시간을 사기 위해
사라진 꿈의 길을 다시 만들고 싶다

사람들은 환호하고
어떤 이는 한숨을 삼킨다
사라지는 것들,
사랑했던 이의 목소리
아이의 웃음소리
경매에 나와 있다

시간이 무한했던 어린 날들
이제는 슬픔도 돈으로 측정된다
"경매 종료!"
모두가 손을 내리고

우리는 사라지는 것들을 위해
경매장에 들어선다

오징어가 풍년이다

묵호항, 해가 뜨기 전부터
바다의 숨소리가 거칠다
어선의 엔진 소음
어둠을 걷어낸다

어선들이 나란히 줄을 지어
그물을 매만진다
오징어를 기다린다

잡았다
누군가 외치면
갑판이 북적인다

오징어가 풍년이던 그날
우리의 웃음소리도 풍년이다
딱딱한 조타수의 손길도 부드러워졌다

저녁이 되면
부두에서 나누던 이야기
갓 잡은 오징어를 구워
소금 뿌린 그 맛

그날의 바다
오징어가 풍년이던 묵호항

흐르는 강물처럼

길이 끝나는 곳에서 길이 시작된다

길을 잃은 한 여자가
휘어진 강물 속으로 걸어 들어간다
들어서기도 전에 여자는 휘어 있었다
그녀의 발끝이 닿기 시작할 때
그녀의 눈물은 물속에서 흩어져
모래가 된다

달의 그림자가 강물 위를 둥둥 떠다닌다
강물 위를 떠돌던 검은 안개들이
달의 그림자 위로 퍼져 나간다
여자가 만든 길 위에 바람만이 휘돌뿐이다

— 사는 게, 왜 이렇게 힘들어

그녀의 독백은 쓸쓸한 물결이 되었다

여자가 기억하는 모든 것은
푸른 수면 안으로 빨려 들어갔다

강물은 더 깊어지고
세상의 모든 짐을 덜어낸 그녀
한 편의 시처럼 흐른다

북평 5일장

5일마다 목구멍이 뜨겁게 달아오른다

가지, 호박, 상추, 고구마 줄기
노점에 펼쳐놓은 야채들
할머니의 손톱이 까맣게 물들었다

조그마한 포장마차 옆
뜨거운 김이 모락모락 나는 장칼국수
— 정말 맛나네, 웃음도 모락모락

노상에 펼쳐놓은 빨간 사과
— 이건 내 고향에서 따온 유기농 사과래유
덤으로 사과를 더 넣어주던 인심 좋은 아저씨
— 아줌마가 예뻐서 더 주는 거유

가게 한켠 손이 유난히 쭈글쭈글한 아저씨
한때는 큰 배의 선주였다는데

— 뱃사람으로 살다, 이렇게 장사하며 살아

5일마다 이야기가 만개한다

바람의 언덕

논골담길을 따라 나지막이 펼쳐진 푸른 언덕
언덕에 오르면
탁 트인 시야에 바다와 하늘이 맞닿아
푸른 물결이 은빛으로 반짝이며 출렁인다
그 아래에는 어부들의 배가 떠 있고
그물에 걸린 생선들이
바람에 실려 올라오는 소금 내음으로 가득차다

지질이도 가난했던 그 시절
바람에 실려 오는 슬픔이 바람의 언덕을 덮치고
언덕길은
매끈한 돌과 부서진 조개껍데기가 엮여있고
옛 모습을 담은 벽화들이
세월의 흔적을 고백하며
그 사이로 자라는 풀들은
고요한 동해의 바람을 안고
눈부신 초록으로 물들어 있다

젊은 어부가 그물을 던지던 자리
노인이 앉아 바다를 바라보았던 그늘
아이들이 뛰어놀던 자갈밭의 소리
바람의 언덕은
시간을 넘어 만선을 기다리는
어부들의 노래로 이어지고 있다

살을 에는 매섭게 불어오는 강한 바람
매일 같이 짠 내 나는 바람에 손이 갈라지는
추운 날을 지내던 가난한 울음들이
바람에 실려 사람들의 이야기와 함께
언덕을 감싸며 흘러간다

바람의 언덕에서 바람의 서사를 읽는다

그리움을 클릭하다

바스락거리는 햇살이
그리움의 다이얼을 돌린다
첫사랑의 손길, 따스한 햇살처럼 스며든다

길을 걷다 마주친 카페
너와 나의 흔적이 남아
커피 향기와 함께 피어올라
가슴속에서 붉어진다

우연히 마주친 그날 밤
다른 여자의 남자가 되어버린,
눈빛도 멈추게 했던 찰나의 순간
모르는 척 지나쳐버린 그날 밤
전화기 너머
낯익은 목소리가 들려온다
― 잘 지내? 라는 물음에
가슴속 한 켠이 아려온다

햇살은 여전히 바스락거리며
그리움의 다이얼을 돌린다

전화기를 들다

전화기 속에 벌 한 마리 살고 있다
전화기를 들 때마다 곡선으로 튀어 올라
윙윙거리며 고막에 침을 쏘아댄다
스피커처럼 퍼지는 목소리
그놈의 날갯짓이 대변하는 감정
달콤한 꿀을 담은 불안한 진동

전선의 미로 속에서 춤추는
벌의 날갯짓은 신호를 보내고
때론 순식간에 지구를 한바퀴 돌아
목젖이 컥컥거리는 숨을 몰아쉬고
단단한 고무막의 표피를 뚫고 숨을 내쉰다

뱀의 혀가 날름거리는 듯
전파를 타고 나를 향해 휘어지는
백색 소음

긴 정적 속에 전화벨이 울린다
전화기가 혀를 날름거린다
까만 줄로 칭칭 감긴 소리가
달팽이관 속으로 빨려 들어간다
귀를 타고 내려가는 숨결이
붉은 심장에 사방으로 터져 오른다

전화기 속에 살고 있는 벌 한 마리
오늘도 집을 짓고 바람을 일으킨다
전화기를 들면
내 안의 벌도 함께 울린다

문장

흰 종이가 뜨거워
내가 만든 문장이 새처럼 날아간다
종달새는 내 귀를 쪼고
수많은 언어들이 날갯짓 한다
앙상한 뼈 조각을 맞추듯 낱자들은 몸의 곳곳에 박혀
눈물의 틈 사이를 비집고 언어의 집을 짓는다

잘 비진 문장의 숨결이 입속으로 뜨겁게 번진다
리듬을 타고 오르락내리락
가슴을 달구는 뜨거운 문장은
사연들을 담아 운명의 공간 속을 빼곡히 채워
흰 종이의 푸른 숨을 쉬게 한다

흰 종이 위에 언어의 조각들이 춤춘다
비어있는 공간을 가득 메우려는 열망
각각의 글자는 소리 없는 외침
숨겨진 진실을 찾아 나선 작은 새들처럼

눈을 감고 귀를 기울이면

수많은 목소리가 파도처럼 밀려온다
그 속에서 나는 나를 찾고
누구도 모르는 나의 이야기를 꺼낸다

떨리는 손끝으로 글자를 쌓아 올리며
이 세상에 단 하나뿐인 집을 짓는다
언어는 내 몸에 스며들고
감정은 종이를 타고 흐른다

눈물의 흔적이 묻은 페이지
그곳에서 사랑과 상실이 얽힌다
온몸을 덮는 따뜻한 문장의 숨결
가슴 속 깊이 파고드는 리듬으로

하나의 문장이 나를 감싸 안고
내 안의 고독을 풀어놓는다
흰 종이는 이제 더 이상 비어있지 않다
온 세상이 담긴 나의 언어로 가득하다

탄원서

나는 여자로 살고 싶었다
엄마로, 아내로, 며느리로 살아가기 전까지

현실은 벽이다
내 안의 여자는 사라져간다

아침에 눈을 뜨면
내가 아닌 누군가의 일상이 기다리고
아이의 울음소리
남편의 요구
시어머니의 눈총

— 나는 나야
소리치고 싶지만
내 목소리는 집안의 소음에 묻힌다

— 나를 좀 봐주세요

― 나로 살고 싶어요
― 내 이름을 찾고 싶어요

현실은 벽이다

내 일상은 세탁기처럼 돌아가고
내 욕망은 점점 잊혀져간다
나는 그저 가족의 한 부분이 되어
내 안의 여자는 사라져간다

묵호역에 가다

삼척의 무연탄을 묵호항으로 반출하던 철도의 종착역
새들이 새까맣게 몰려드는 곳이라
묵호역이라
바다의 숨결이 스며드는 곳
바다와 뭍을 이어줬던
시간의 흐름을 품은 공간
묵호역

어둑한 아침
모래사장에서 일어나는 소리
어부들은 그물에 희망을 담듯
기차를 기다리는 사람들

바다와 파도와 기차
기차가 들어오고
사람들이 파도처럼 쏟아져 나오는 순간에도
어부들의 꿈은 기차 바퀴처럼 덜컹인다

출입 금지

빨간 글씨로 쓴 출입 금지
들어갈 수 없어
우리는 그 문을 열 수 없어

우리 앞에 버티고 선
출입 금지 표지판
경계 너머
어떤 세상이 펼쳐져 있을까

아파트 단지의 회색 벽
눈에 띄는 출입 금지 스티커
높은 빌딩 철제문
출입 금지라는 딱지가 붙은 곳
사람들은 그 앞에서 멈춰 서 있어

잠겨버린 현실
어둠 속에서 울리는 경고음

푸른 옹이에 새긴 성찰과 살가운 접촉

정 연 수

(문학박사)

푸른 옹이에 새긴 성찰과 살가운 접촉

정 연 수

(문학박사)

오세화 시인은 일상의 서정과 사회 현실을 섬세하게 직조하여 시의 행간에 새겨 넣는다. 가족의 일상사에서부터 소외된 노동자의 삶에 이르기까지 폭을 넓히는데, 이는 개인적 체험에서 출발하여 사회적 현실까지 아우르는 방식이다. 또, 잃어버린 고향에서부터 현 거주지인 동해지역의 구체적 현장까지 잔잔한 시선으로 훑는다. "논골담 골목에 새긴 삶의 표식들/리어카 같던 몸에 새긴 세월의 이끼"(「논골담의 푸른 옹이」)처럼 동해시

117

의 구체적 장소를 새긴 작품들을 눈여겨볼 만하다. 「덕장 연대기」, 「묵호 어판장」, 「바다의 손자국」, 「시간의 경매」, 「오징어가 풍년이다」, 「묵호역에 가다」, 「바람의 언덕」 등에서는 소금기 묻은 동해지역 어민들의 핍진한 삶이 나타난다.

"늙고 가난한 사내에게/ 보따리 하나 들고 시집" 와서 혼자서 출산해야 했던 기구한 삶을 다룬 「통곡」이라거나, "날마다 땅을 먹고 살아도/ 배고픈 내 어머니"의 삶을 다룬 「휘어진 손가락」은 우리 시대의 고단한 삶을 환기한다. "마흔두 살에 아들을 낳았다지/ 얼마나 다행인가"(「얼마나 다행인가」)에서처럼, 자신의 서사를 숨김없이 펼쳐놓는다. 아버지 연작에서 드러나는 아픈 시절조차 천연덕스럽게 남 얘기하듯 풀어내는 것도 오세화 시인의 미덕이리라.

우리 부모세대처럼 여전히 고단하게 살아가는 이웃의 삶에도 연민의 눈길을 돌리는 점은 참으로 고마운 시선이다. "새벽도 오기 전 붉은 십자가 보며/ 골목길을 돌아 허리 휘어지도록 붉은 벽돌을 지고"(「해장국」) 살아가는 벽돌공, "차가운 시장 바닥에 달라붙어 미끌미끌 기어가는 사내"(「발자국은 언제 지워졌을까」)가 팔고 있는 고무줄과 수세미를 팔아주는 재래시장 상인들이 소중한 이웃들이다. 시의 주인공을 보면 시인의 지향점을 엿볼 수 있다. 옷 수선집 할머니(「할머니의 암호」), 고층빌딩의 유리를 닦는 사람(「더는 올라갈 수 없는 경계의 선에서」), "고층 건물 외벽/ 매일 매일 슬픔의 잔해들을 닦아내는 사내"(「사소한 높이」)처럼 서민들이 시의 주인공으로 등장한다. "이주노동자의 손엔/ 모든 것이 무겁다"(「콘크리트 정글」)라는 단언적 진술이 가능한 것도 사회적 약자를 향한 세심한 관찰이 있었기에 가능하다. 자본주의가 진화한 사회 속에서 벌거벗은 생명으로 다가오는 가난한 노동자들을 향한 시선은 레비나스의 타자 윤리학에 닿아있다. "자본의 온도가/ 빌딩 속에서 펄펄 끓고"(「더는 올라갈 수 없는 경계의 선에서」)있어도 우리는 여전히 가난하고 외로운 사람들과 함께 살아간다. 가끔은 외면했거나, 우리의 삶이 바빠서 지나쳤을 '내 안의 타자' 들을 향한 시인의 시선은 시만큼이나 아름답다.

"반지하의 구멍 안으로 밀려"(「얼룩말을 탄 사내」) 살아가는 반지하 속 사람들의 이야기에서부터 폐지를 줍는 쪽방촌 사람(「벽에 걸린 1평」)까지 시인의 시선은 낮고 어두운 골목을 서성인다. 폐지 줍는 할머니의 "바구니는 무거워지지 않아도/ 여전히 그리움은 무겁다"(「폐지와 그리움 중 어느 것이 더 무거울까?」) 같은 말랑말랑한 시적 감성이 대사회적 성찰과 만나면서 묵직함 무게감으로 다가온다.

오 시인의 시에는 힘겨운 시대를 살아가는 다양한 인물들이 등장하지만, 그들의 삶이 구차하지도 않다. "검은 고무 옷으로 가린 사내의 다리 속에 예수의 생애가 꿈틀거린다"(「발자국은 언제 지워졌을까」) 같은 발상의 전환이 미학을 이루기 때문이다. 또, "사랑보다 이별 덕분에/ 뼈가 더 단단해진다"(「눈물뼈가 자라나고 있다」)라는 구절을 뽑아내는 삶의 내공이 있기에 가능한 힘이다. 오 시인은 바닥의 힘, 슬픔이 키워준 힘을 시 속에서 사회적 약자와 나누는 중이다.

　　햇빛의 발자국은 고향 문 앞에 멈춰 섰다
　　감꽃 목걸이를 걸어주던 감나무 집 언니
　　내 몸 곳곳에 새겨진 감나무
　　기억에 그늘이 진다

　　압류통지와 독촉장 고된 세상살이 되새김질하다
　　고향의 온기 앞에 참았던 울음이 터졌다
　　고향은 계절을 따라 닳고 닳았으나
　　허기를 느끼지 않았다

　　감나무 집 언니가 죽었다
　　감나무는 부고를 보내고 모든 잎을 떨궜다
　　그렇게 정정하던 우물집 아버지가 치매라더라
　　감나무 뒷집 엄마는 파킨슨병에 걸려 움직이지도 못한다더라
　　고향 소식 들릴 때마다 내 발자국이 휘청였다

두 살 터울의 감나무 집 언니가 죽었다
몸에 박힌 고향의 잔해들이 구멍 뚫린 바람으로 숭숭 날린다
시간의 그늘이 고향 모서리를 휘감는다
그림자로 가려진 고향
그리움으로 저물고 있다.

—「시간의 그늘」 전문

그리움과 상실의 감정은 흘러간 시간이 빚은 산물이다. '감꽃 목걸이, 감나무, 우물집 아버지' 등이 환기하는 기억의 단편들이 쌓여 고향의 풍경을 형성한다. 동시에 "감나무는 부고를 보내고 모든 잎을 떨궜다"는 구절이 드러내듯, 상실에 대한 슬픔을 내포하고 있다. "햇빛의 발자국은 고향 문 앞에 멈춰 섰다"라는 첫 구절에서부터 "시간의 그늘이 고향 모서리를 휘감는다"라는 구절에 이르기까지 시간의 흐름이 빚은 상실과 그리움의 감정이 생생하게 느껴진다. 이 시뿐만 아니라 이 시집에는 시간의 흐름이 빚은 작품들로 가득하다.

달처럼 나는 부끄러웠다

자식 넷을 둔 사내와 재혼한 엄마

매일 같이 시장 좌판에 앉아
열무, 부추, 고구마 줄기
두 단 사면 한 단 더 끼워줄게유

채소는 팔리지 않고
좌판 위에서 시들어가는 엄마

깊은 밤 등 굽은 달의 어깨가 들썩이는 모습을 보았다

채소가 시들어가는 시간 속에서
달의 눈물도 자라고
우리도 자라고.

　　　　　　　— 「등 굽은 달이 혼자 울고 있다」 전문

　"자식 넷을 둔 사내와 재혼한 엄마"를 달처럼 부끄러워하던
철없는 감정은 "매일 같이 시장 좌판에 앉아" 있는 어머니의 서
러운 삶을 인식하면서 성장한다. 달과 어머니를 겹쳐놓은 시적
상상력은 오 시인만의 독특한 시적 언어를 만들어낸다. "깊은

밤 등 굽은 달의 어깨가 들썩이는 모습을 보았다"라거나 "달의 눈물도 자라고/ 우리도 자라고"라는 구절은 시가 왜 문학 장르의 꽃이 될 수 있는가를 보여준다.

  어머니의 삶을 다룬 또 다른 시 「압류통지」는 어머니의 삶이 화자에게로 전이되는 과정을 전달한다. 어머니의 고통을 보면서 "나는 방관자처럼 묻기만 했다"라는 고백은 무력감과 죄책감이지만, "괜찮다/ 괜찮다"라고 반복하는 어머니의 대답은 내적 고통을 은폐하는 사랑의 방식이다. "등 굽은 엄마는 혼자 울었다"처럼 숨겨진 슬픔은 "이제는 나의 시간"으로 이어지면서 세대 간 고통의 순환이거나 책임의 이양을 암시한다.

  "쉰네 살 차이 나는 아버지"와 피할 수 없는 세대 간의 간극을 그린 「버짐 핀 기억의 서랍」은 가족사이자 시인의 성장기이다. "밭고랑 주름진 아버지의 이마가 창피한 때가 있었습니다"라는 진솔한 고백은 화해의 시작이다. 가난과 무식으로 대변되는 아버지, 그의 자식이라는 부끄러움, 그리고 그 부끄러움까지 성찰할 줄 아는 현재에 이르면 의식의 성장이 무엇인지를 보여준다. 이와 같은 연장선에 있는 작품이 "수업 중인 교실 창문을 벌컥 여는 할아버지" 같은 아버지를 다룬 「장미꽃이 운 날」이다. "장미보다 더/ 빨갛게 달아올랐다"는 부끄러움은 아버지에 대한 부끄러움이자 곧 현실을 받아들이지 못한 자신에 대한 부끄러움의 양가성으로 확장한다. 세대 간의 갈등을 포함

하여 가족사를 풀어내는 밑바탕에는 진실한 고백과 섬세한 서사가 중층적으로 놓여있다.

내밀한 감정을 진솔하게 풀어내는 힘은 시인의 순수성과도 관련이 있을 것이다. 순수한 의식은 "푸른 초원을 달리는 파노라마/ 추상화/ 인물화/ 전쟁화/ 수채화/ 알 수 없는 미로화" 같은 어린 아들의 벽지 낙서를 다룬 「지워지지 않는 지문」에도 드러난다. "새로 산 벽지가 망가지는/ 이 기쁨/ 이 감동"은 물질적 가치보다 동심을 더 아름답게 바라보는 여유가 있을 때 성립한다.

　　흔적의 경계에 푸른 옹이가 생겼다
　　빗살무늬 토기를 빚는 어달리 바다

　　논골담 골목에 새긴 삶의 표식들
　　리어카 같던 몸에 새긴 세월의 이끼

　　어부의 아내만 남은 골목
　　오징어 먹물인지 묵호항 탄가루인지

　　리어카 지난 길 위로 피어나는 푸른 꽃

바다와 하늘의 경계를 연다.

— 「논골담의 푸른 옹이」 전문

"흔적의 경계에 푸른 옹이가 생겼다"라는 첫 행은 시간의 흐름과 변화를 암시하는데, "빗살무늬 토기를 빚는 어달리 바다"에 이르면 마을의 오랜 역사를 상기시킨다. "어부의 아내만 남은 골목"에서는 어촌의 "오징어 먹물"과 대형 저탄장이 있던 "묵호항 탄가루"의 흔적을 추적한다. 삼척–태백의 석탄은 일제 강점기부터 묵호항을 통해 일본으로 수탈되었으며, 해방 이후에는 묵호항을 통해 남해를 경유하여 영월화력발전소까지 수송되었다. 태백선과 영암선이 생겨나기 이전의 석탄은 모두 묵호항을 통해 수송된 것을 환기하는 것이다. 논골담의 장소를 구체화하면서 '가난한 어민의 삶, 어촌 마을의 쇠퇴, 저탄과 출하장소로 기능하던 묵호항의 역사'까지 모두 짚었다. 마지막 행에서 "바다와 하늘의 경계를 연다"라고 희망을 열어둔 것은 논골담이 동해시의 새로운 관광명소로 재장소화한 것과 무관하지 않을 것이다.

어촌의 삶을 다룬 「바다의 손자국」은 "50년 넘게 바다 그물을 깁는 수선집"을 통해 어민과 함께 살아가는 공동체 구성원을 그린다. "파도에 실려 온 소금기 같은 인생"이라든가, "바다의 손자국을 남기는 수선집"을 통해 수선집 노인 역시 바다와 어민을 이어주는 공동체의 일원이었다는 것을 강조한다. 주름진 세월과 낡은 그물을 함께 엮어 어촌 마을의 공동체를 보여준다.

　세월호 참사를 배경으로 다룬 시에서는 "참 다행이다"라는 반복 구절을 통해 '내 가족의 생명과 타인의 생명' 사이의 관계를 성찰한다. 나를 통해 타인으로 확대하면서 고통을 겪은 부모들의 마음에 동참한다. 석탄합리화로 폐광이 이어질 무렵 태백·삼척지역의 탄광노동자들 상당수가 안산이나 동해로 이주했다. 안산의 세월호 비극이 발생했을 때, 동해시민들 사이에서는 탄광촌에서 친밀하게 지내던 옛 동료들의 비극을 접하면서 마음 아파하던 이들이 많았다. 동해지역 학교 역시 그 시각에 세월호를 예약하려 했다는 사실이 알려지면서 동해시민들에게 더 크게 와닿은 사건이기도 하다. 「다행이라니」는 당시 동해시민들이 느끼던 심정을 다루면서 "내 아이도 그 아이도/ 모두 소중한 생명의 가치"라는 연대의식을 드러낸다.

　　길이 끝나는 곳에서 길이 시작된다

　　길을 잃은 한 여자가

휘어진 강물 속으로 걸어 들어간다
들어서기도 전에 여자는 휘어 있었다
그녀의 발끝이 닿기 시작할 때
그녀의 눈물은 물속에서 흩어져
모래가 된다

달의 그림자가 강물 위를 둥둥 떠다닌다
강물 위를 떠돌던 검은 안개들이
달의 그림자 위로 퍼져 나간다
여자가 만든 길 위에 바람만이 휘돌 뿐이다

—사는 게, 왜 이렇게 힘들어

그녀의 독백은 쓸쓸한 물결이 되었다
여자가 기억하는 모든 것은
푸른 수면 안으로 빨려 들어갔다

강물은 더 깊어지고
세상의 모든 짐을 덜어낸 그녀
한 편의 시처럼 흐른다.

—「흐르는 강물처럼」 전문

여성이 강물 속으로 걸어 들어가는 이미지, 눈물이 강을 이루는 이미지는 삶의 굴곡을 넘어가고자 하는 의지의 역설이다. "사는 게, 왜 이렇게 힘들어"에 담긴 독백은 고단한 삶을 살아가는 서민들의 보편적인 실존적 고뇌이다. "강물은 더 깊어지고/세상의 모든 짐을 덜어낸 그녀/ 한 편의 시처럼 흐른다"라는 마지막 구절은 시적 승화라고 단순화하기엔 미안할 정도로 처연하다. "달의 그림자가 강물 위를 둥둥 떠다닌다"는 구절에서 나타난 달과 강물의 이미지는 여성성의 강화이기도 하다.

또 다른 시 「여자, 달을 그리다」에서도 여성을 달의 이미지와 중첩하여 상상력을 증폭시켰다. "비밀의 문처럼 열리지 않는 어머니의 자궁"이 던지는 불임의 서러운 시간은 "꽃눈 내리는 어느 날/ 여자의 가슴에 달이 채워진다"라는 암시를 통해 삶의 희망을 열어둔다. 상실의 순간에서도 희망을 발견하는 섬세한 시선이 시가 어두워지는 것을 막고 있다. 상실의 감정을 지닌 여성의 내적 주름에다 새긴 달의 이미지는 고통을 순화하는 역할도 한다.

나는 여자로 살고 싶었다
엄마로, 아내로, 며느리로 살아가기 전까지

현실은 벽이다
내 안의 여자는 사라져간다

아침에 눈을 뜨면
내가 아닌 누군가의 일상이 기다리고
아이의 울음소리
남편의 요구
시어머니의 눈총

—나는 나야
소리치고 싶지만
내 목소리는 집안의 소음에 묻힌다

—나를 좀 봐주세요
—나로 살고 싶어요
—내 이름을 찾고 싶어요

현실은 벽이다

내 일상은 세탁기처럼 돌아가고
내 욕망은 점점 잊혀져간다
나는 그저 가족의 한 부분이 되어

내 안의 여자는 사라져간다.

"나는 여자로 살고 싶었다"는 과거형 독백으로 시작하지만,
현재형의 선언적 의미를 담았다. 엄마 · 아내 · 며느리 역할은
여자의 삶이 아니라, 사회가 강요한 역할에 불과했다고 목소리
를 높인다. "현실은 벽이다"라거나, "내 안의 여자는 사라져간
다"는 단언적 진술 역시 냉혹한 현실을 상징한다. "나를 좀 봐
주세요/ 나로 살고 싶어요/ 내 이름을 찾고 싶어요"라는 절박
한 호소는 존재의 존엄성과도 관련이 있다. 오세화 시인은 이
번 시집 전편에서 노동자 중에서도 최하층에 시선을 돌리거나,
빈곤에 처한 노인층의 삶을 포착하여왔다. 또 어머니 연작을
통해 모성으로만 재울 수 없는 여성의 목소리를 드러냈다. 그
런데 「탄원서」는 어머니 화자가 아닌 자신의 직접적인 목소리
를 통해 메시지를 던진다는 점에서 다른 시편과 결이 다르다.
분명, 우리 사회에는 '평등'이 가닿지 않은 계층이 존재한다.
여성, 노동자, 경제적 약자들이 겪는 차별과 소외는 우리 사회
가 풀어야 할 과제로 남아있다.

살갑다, 그 말은
어머니의 손끝에서
따뜻한 국물 한 숟갈처럼
입안에 스며드는 온기

해가 기울어지는 카페 창가에 앉아
아메리카노를 마시는 순간
너의 미소가 살갑다

지하철에서 누군가의 어깨가
살짝 닿을 때
그 짧은 접촉이
마치 오래된 친구의 포옹처럼

살갑다, 이 말은
일상의 작은 접촉들 속에서
우리가 서로에게 건네는 마음의 언어.

— 「살갑다」 전문

일상 속에서 느끼는 따뜻한 관계가 '살갑다'는 어휘를 통해

선명성을 띤다. 카페에서 아메리카노 한 잔과 마주한 너의 미소에서부터 지하철에서 어깨가 스친 낯선 사람에 이르기까지 소소한 일상에서 발견되는 유대감이다. 군중 속의 섬처럼 점점 소외되어가는 개인들이 연결될 수 있는 통로를 찾은 듯하다. '친근, 다정, 따뜻' 등의 의미를 함의한 '살갑다'는 감정은 '어머니의 손끝에서 전달되는 따뜻한 국물 한 숟갈' 같은 온기를 지니고 있다. 더 나아가 대중교통에서 우연히 닿은 타인의 어깨마저 친구의 포옹처럼 다가오는 다정한 온기를 지니고 있다. 인간 사이의 무심한 접촉도 시인의 눈을 통해서는 따뜻한 감각으로 재탄생한다. "어부들의 손은 거칠어도 눈은 바다처럼 깊다"(「묵호 어판장」)라고 했듯, 시인의 눈 역시 바다처럼 그윽하다.

"각자의 스마트폰 화면 속에서/ 세상을 만나는 이들/ 아무도 서로를 바라보지 않는"(「디지털 정원」) 단절의 현실을 바꾸는 것은 온기일 것이다. 하여, '살갑다'는 어휘는 단순한 시어가 아니라, "일상의 작은 접촉들 속에서/ 우리가 서로에게 건네는 마음의 언어"이다. 이러한 온기가 시 전체를 관통하고 있기에 낮은 계층, 상심한 계층, 소외된 계층을 다룬 시들조차 어둡지 않을 수 있었다.

오세화 시인은 이 시집을 통해 세 가지 주목할 만한 시적 성취를 보여준다. 첫째, 개인의 서사에서 출발하여 사회적 현실로 확장되는 섬세한 시선의 이동이다. 가족사와 성장의 기록에서 시작해 소외된 이웃과 노동자의 삶으로 번져가는 따뜻한 연대의식은 이 시집의 중심 미덕이다. 둘째, 지역성의 깊이 있는 형상화다. 동해시 지역의 구체적 장소와 어민의 삶을 풀어내면서 한국문학에서 지역성의 가능성을 보여준다. 셋째, 여성의 목소리를 통한 존재 탐색이다. 모성과 여성 개인으로서의 정체성 사이의 긴장을 섬세하게 포착하며 현대사회에서 여성의 존재 방식을 성찰한다.

이처럼 개인에서 사회로, 지역에서 보편으로 나아가는 시선의 확장은 오늘날 한국사회의 다층적 현실을 포용적으로 담아내는 데 성공했다. 특히 소외된 이들을 향한 연민의 시선이 감상성에 빠지지 않고 따뜻한 연대의식으로 승화된 점은 이 시집의 가장 큰 미학적 성취라 할 수 있다. 시인의 '살가운' 언어가 우리 시대의 상처를 어루만지는 동안, 독자들은 타인의 삶을 향한 깊은 이해와 공감의 순간을 경험하게 될 것이다.